VENTE DU SAMEDI 23 DÉCEMBRE 1893

HOTEL DROUOT, SALLE N° 11

à deux heures

OBJETS D'ART

ET DE

CURIOSITÉ

DE LA PERSE

Objets divers

Appartenant à Hadji-Hussein-Khan

DE TÉHÉRAN

EXPOSITION PUBLIQUE

LE VENDREDI 22 DÉCEMBRE 1893

DE UNE HEURE ET DEMIE A CINQ HEURES ET DEMIE

COMMISSAIRE-PRISEUR	EXPERT
Me PAUL CHEVALLIER	**M. CH. MANNHEIM**
10, rue de la Grange-Batelière, 10	7, rue Saint-Georges, 7

CONDITIONS DE LA VENTE

La vente sera faite expressément au comptant.

Les Acquéreurs paieront en sus des adjudications *cinq pour cent.*

L'Exposition mettant le public à même de se rendre compte de l'état des objets, il ne sera admis aucune réclamation une fois l'adjudication prononcée.

Paris. — Imp. de l'Art, E. Moreau et Cie, 41, rue de la Victoire.

DÉSIGNATION DES OBJETS

FAIENCES

1 — Grande coupe à décor bleu de fleurs. Faïence de Perse.

2 — Bol à décor de rinceaux et rosaces émaillés bleu et brun. Faïence de Perse.

3 — Bol à décor bleu orné d'oiseaux, réserves en blanc et avec parties transparentes. Faïence de Perse.

4 — Bol orné de guirlandes de fleurs avec parties transparentes. Faïence de Perse.

5 — Bouteille en ancienne faïence de Perse, à reflets métalliques, sur fond turquoise.

6 — Bouteille en ancienne faïence de Perse, à huit côtes décorées alternativement de bandes bleues et de bandes à reflets métalliques. Col coupé.

7 — Carreau en forme d'étoile en ancienne faïence de Perse, à décor bleu et à reflets métalliques.

8 — Deux autres en forme de croix, décor bleu. Perse.

9 — Carreau en forme d'étoile en ancienne faïence de Perse, orné d'un cheval sur fond à reflets métalliques.

10 — Autre en forme d'étoile en ancienne faïence de Perse, orné d'un lièvre, décor bleu et à reflets.

11 — Deux autres, l'un vert, l'autre en forme d'étoile, à inscriptions. Perse.

12 — Reproduction d'un temple. Faïence de Perse.

13 — Aiguière en forme d'animal, émaillée bleu. Perse.

14 — Flacon côtelé en faïence de Perse. Col coupé.

15 — Deux pièces : Brique à reflets avec inscriptions et fond de plat à reflets. Perse.

16 à 18 — Lot de fragments en faïence de Perse, à reflets métalliques.

19 — Seau à rafraîchir avec déversoir, faïence de Perse, émaillée bleu turquoise.

20 — Deux pièces : assiette à personnages et compotier à décor de fleurs. Perse.

ARMES

21 — Pistolet circassien, garni d'argent niellé.

22 — Deux pièces : Masse de derviche et tête de masse en fer.

23 — Hache de derviche en fer avec pointe.

24 — Calebasse de derviche en noix de coco sculptée.

25 — Casque en fer avec inscriptions dorées. Perse.

26 — Huit pulvérins variés. Perse.

27 — Couteau à poignée d'os avec fourreau.

28-29 — Quatre rondaches persanes variées, cuir avec bos-
settes.

30 — Trois pièces, fer damasquiné : casque, rondache et
brassard. Perse.

31 — Pulvérin en fer. Perse.

32 — Yatagan avec fourreau.

33 — Kama, lame damasquinée.

34 — Autre, lame en damas.

35 — Autre, poignée en os.

36 — Autre, lame damasquinée et poignée en os.

37 — Deux kamas, lame damasquinée, poignée en corne.

38 — Petit kandjar à poignée enrichie de pierres fines et
fausses.

39 — Autre, poignée d'os.

TAPIS ET ÉTOFFES

40 — Ancien tapis persan, de l'époque du Schah Abbas. — Long., 4 m. 75 cent.; larg., 2 mètres.

41 à 47 — Environ quinze tapis persans.

48 — Tapis en velours rouge, brodé à rinceaux : Oiseaux et soleils. Perse.

49 — Petit tapis en velours noir brodé. Perse.

50 — Petit tapis en velours rouge brodé avec franges. Perse.

51 — Tapis de selle en velours rouge brodé et paillettes. Perse.

52 — Carquois en velours rouge, garni argent. Perse.

53 — Panneau en mosaïque de drap, fond rouge. Ancien travail de Recht.

54 — Autre plus petit. Travail de Recht.

55 — Deux autres.

56 — Deux tentures en étoffe imprimée.

57 — Trois panneaux variés, étoffe imprimée.

58 — Petit carré en soie brochée à fond violet.

59 — Étendard persan : Soleil.

60 — Bande de velours fond rouge.

61 — Petit tapis de selle.

62 — Petit hamac en soie brochée et cuir.

63 — Ceinture persane en soie rouge, extrémités lamées de métal.

64 — Petit tablier en soie imprimée persane.

65 — Petit tapis persan, rayures lamées de métal.

66 — Panneau soie rouge à fleurs lamées de métal.

67 — Deux petits tapis brodés sur canevas.

68 — Petit tapis de table brodé sur fond de soie bleue.

69 — Petit tapis, broderie sur fond rose.

70 — Tapis persan en velours à personnages.

71 — Deux portières persanes à feuillages sur fond jaune lamé.

72 — Portière persane en soie rayée.

73 — Petit tapis de table en châle.

74 — Sept petits tapis de table : deux en étoffe rayée persane, deux à feuillages sur fond bleu, les autres à feuillages sur fond jaune.

75 — Deux vestes de femmes persanes en soie lamée de métal.

76 — Petit tapis de table en étoffe lamée de métal.

77 — Pièce de soie persane à feuillages jaunes sur fond bleu.

78 — Grande ceinture persane à fleurs sur fond blanc.

79 — Deux pièces : tapis de table persan en coton brodé à fleurs et dessous de lampe.

80 — Quinze pièces d'étoffe à carreaux à fond rouge.

81 — Deux pièces : serviette persane en coton brodé et pantalon brodé sur canevas.

82 — Manteau persan en soie violette et jaune lamée.

83 — Deux petits tapis persans en soie à fleurettes et entrelacs.

84 — Deux panneaux en velours ciselé rouge sur fond jaune.

85 — Quatre petits tapis brodés à l'aiguille. Travail persan.

86 — Six pièces : broderie persane.

87 — Pièce de soie rayée fond jaune lamée de métal, pour coiffure arabe.

88 — Deux autres.

89 — Longue bande en soie rayée verte.

90 — Trois petits tapis de prières en étoffe imprimée.

91 — Deux mantilles de femmes persanes.

92 — Voile en soie imprimée fond bleu.

93 — Ceinture à petits carreaux en soie.

94 — Petit tapis à feuillages sur fond jaune.

95 — Voile en soie noire imprimée.

96 — Petit bissac de selle persan.

97 — Ceinture persane rayée bleue lamée aux extrémités.

98 — Deux tapis en satin rouge, large bordure jaune brodée.

99 — Portière en soie brodée à fleurs au point de chaînette sur fond marron.

100 — Tunique en soie rouge à feuilles lamées.

101 — Couverture de cheval en drap brodé.

102 — Tapis de table en broderie de soie persane.

103 — Deux autres en coton brodé.

104 — Tapis de table persan à rosaces sur fond bleu.

105 — Tapis en soie rouge avec paillettes turquoises.

106 — Grand panneau rayé blanc et brun.

107 — Deux grands panneaux rayés persans.

108 — Tapis à carreaux persan.

109 — Trois pièces : galon.

110 — Dix bonnets persans variés.

111 — Quatre paires de chaussettes persanes.

112 — Huit bourses et sacs persans.

113 — Escarcelle en velours contenant trois miniatures.

OBJETS VARIÉS DE LA PERSE

114 — Porte-koran en jade verdâtre gravé. Perse.

115 — Couvercle de coupe en jade gris à fleurs en relief.

116 — Miroir dans un cadre en jade blanc.

117 — Boucle de ceinture en jade gris.

118 — Tête de khalian en or émaillé à figures et fleurs. Perse.

119 — Tasse en cuivre émaillé à figures. Perse.

120 — Deux flacons-aspersoirs en verre, l'un incolore, l'autre bleu. Perse.

121 — Autre, bleu à côtes. Perse.

122 — Bouteille en verre bleu. Perse.

123 — Deux flacons à long col contourné. Perse.

124 — Autre à godrons et sur piédouche. Perse.

125 — Coupe en cuivre étamé, gravé à inscriptions. Perse.

126 — Autre plus petite.

127 — Autre en fer incrusté d'argent à figures.

128 — Boîte à parfums, cuivre gravé à inscriptions. Perse.

129 — Petite lampe en bronze. Perse.

130 — Six gobelets en étain. Perse.

131 — Deux grandes cuillères en bois. Perse.

132 — Selle persane.

133 — Quatre colliers de mulets. Perse.

134 — Livre de prières arabe manuscrit.

135 — Livre de poésies persanes manuscrit.

136 — Rouleaux, manuscrits avec aquarelles, relatifs à l'histoire de la Perse.

137 — Boîte à miroir et nécessaire, décorée au vernis, d'après des peintures européennes. Travail persan.

138 — Buvard persan, décor de fleurs et inscriptions.

139 — Lanterne à main, cuivre gravé et ajouré, à sujets de chasse. Perse.

140 — Khalian en fer incrusté d'argent, tête en argent.

141 — Aiguière en bronze gravé. Perse.

142 — Trois pièces : Paire de ciseaux persans et deux pincettes en cuivre.

143 — Deux petites boîtes octogones à koran en argent niellé.

144 — Boîte à fard en cuivre gravé en contenant sept autres.

145 — Boîte à miroir en cuivre gravé à inscriptions, contenant une miniature. Perse.

146 — Boussole persane en cuivre gravé à inscriptions.

147 — Deux vases couverts en cuivre gravé de la Perse.

148 — Douze brûle-parfums couverts avec plateaux en cuivre ajouré et gravé de la Perse.

149 — Deux autres plus grands.

150 — Coupe couverte en cuivre gravé.

151 — Quatre pièces : bouteille et trois petites coupes en cuivre gravé et argenté. Perse.

152 — Quatre petites lampes en cuivre ajouré de la Perse.

153 — Deux pièces : miroir avec manche damasquiné et pipe en inscrustations.

154 — Six petits bols et tasses émaillés.

155 — Douze pièces en émail : six médaillons et six boutons.

156 — Quatre petites boîtes en fer.

157 — Trois boîtes variées persanes.

158 — Deux paires de fontes de pistolets, broderie persane.

159 — Paire de sandales persanes.

160 — Khalian persan émaillé.

161 — Deux pièces : tête de khalian en fer damasquiné et petite coupe en bronze gravé.

162 — Trois petits fragments cylindriques de khalians émaillés.

163 — Écritoire persane.

164 — Deux pièces : calebasse en noix de coco sculpté et bâton de derviche.

OBJETS VARIÉS

165 — Dix pièces de Chine : flacons-aspersoirs et fragment.

166 — Quatorze assiettes en porcelaine en plusieurs décors.

167 — Huit pièces en porcelaine fond jaune : tasses, soucoupes et sucrier couvert. Empire.

168 — Sept soucoupes en porcelaine.

169 — Quatre pièces : trois tasses avec soucoupes à fleurs fond brun et bol en porcelaine.

170 — Deux pièces : bouteille, décor réticulé, couvercle de légumier en porcelaine.

171 — Cruche en faïence allemande.

172 — Deux pièces : bonbonnière Louis XV, en cuivre, à sujet de chasse, et étui-nécessaire en émail.

173 — Trois pièces : boîtier de montre émaillé, couvercle émaillé et petit porte-tasse en cuivre.

174 — Quatre boutons en argent et turquoises.

175 — Figurine d'Hercule en bronze.

176 — Carré en velours ciselé vert avec bordures.

177 — Carré en soie brochée Louis XIV.

178 — Couvre-lit en satin blanc brodé de la Chine.

179 — Dessus de table en tapisserie fond blanc.